NO lleves tu DRAGÓN A LA BIBLIOTECA

ESCRITO POR Julie Gassman
ILUSTRADO POR Andy Elkerton

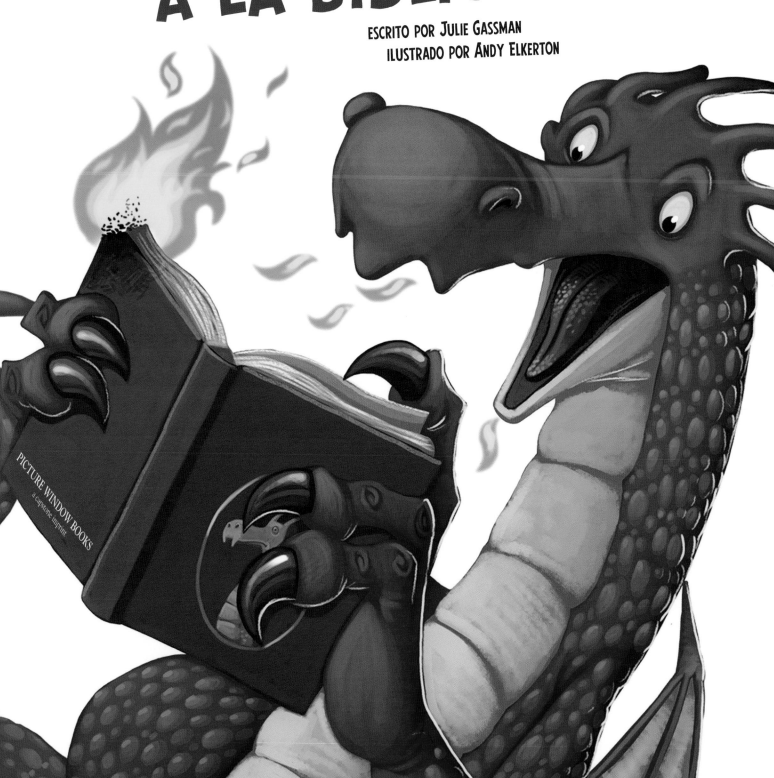

PICTURE WINDOW BOOKS
a capstone imprint

En la biblioteca, debes recordar:
Cuida bien los libros. No puedes gritar.

Pero hay otra norma que es **muy importante**.
Tienes que seguirla, pase lo que pase.

Los dragones pueden ser unos groseros.
Ocupan tres sitios cuando escuchan cuentos.

Con su enorme cola, te pueden golpear.
Y cuando se sientan, ¡oyes un gran CRAC!

Si en la biblioteca hay algo especial,
el dragón se para y empieza a cantar.

Mueve las caderas y también las alas.
Y si no te apartas, te dará en la cara.

Sé que estás pensando: "No va a pasar nada.
El sitio es muy grande. Tiene muchas salas".

Pero si el dragón está aburrido,
muy pronto querrás no haberlo traído.

Cuando encuentra un libro muy interesante,
el dragón lo toma al instante.

Y cuando lo lee, si se entusiasma,
abre bien la boca y lanza unas **llamas.**

¡ASÍ QUE NO LLEVES TU DRAGÓN A LA BIBLIOTECA!

Ya sé lo que dice usted y tiene razón,
pero está muy solo en mi habitación.

En la biblioteca siempre soy feliz,
y me gustaría traerlo aquí.

Aquí hay aventuras y héroes también.
Hay computadoras, salas de leer.

Por favor, le ruego que me escuche usted.

Lo siento, mi amigo. No puedo aceptarlo.
Traer un dragón es algo muy raro.

No te pongas triste porque hay solución.
Te propongo esto para tu dragón.

En la biblioteca hay muchos tesoros.
Llévate los libros y comparte todos.

Usa tu tarjeta y muy pronto verás . . .

QUE TU DRAGÓN A LA BIBLIOTECA **NO** DEBES LLEVAR.

Un agradecimiento especial a Sam por sugerir sabiamente que no se debe llevar un dragón a la biblioteca, y a Anissa por compartir ese consejo conmigo. —JG

ACERCA DE LA AUTORA

La más joven de nueve hermanos, Julie Gassman creció en Howard, Dakota del Sur. Después de la universidad, cambió su vida en un pueblo pequeño por el mundo de la edición de revistas en la Ciudad de Nueva York. Ahora vive en el sur de Minnesota con su esposo y sus tres hijos. Viva donde viva, la biblioteca pública siempre es un lugar especial para Julie, aunque nunca se le ocurriría llevar a su dragón mascota.

ACERCA DEL ILUSTRADOR

Después de trabajar catorce años como diseñador gráfico, Andy decidió volver a sus raíces artísticas y ser ilustrador de libros para niños. Desde 2002, ha colaborado en cuentos ilustrados, libros educativos, anuncios y diseño de juguetes. Andy ha trabajado para clientes de todo el mundo. Ahora vive en un pueblo turístico de la costa oeste de Escocia con su esposa y sus tres hijos.

No lleves tu dragón a la biblioteca es
una publicación de Picture Window Books,
una imprenta de Capstone
1710 Roe Crest Drive
North Mankato, Minnesota 56003
www.mycapstone.com

Library of Congress Cataloging-in-Publication Data is available on the Library of Congress website.
ISBN: 978-1-5158-4667-3 (hardcover)
ISBN: 978-1-5158-4686-4 (eBook pdf)

Resumen: ¿Alguna vez has pensado en llevar a tu dragón a la biblioteca? ¡No lo hagas! Puede ser que tengas la mejor intención, pero tu dragón causará gran conmoción!

Diseñadora: Ashlee Suker

Printed and bound in the USA.
PA70